SUCCESSION

DE

Madame Veuve Marie BLANC

OBJETS DE LA CHINE

ET DU JAPON

HUITIÈME VENTE

A PARIS

DES PRESSES DE D. JOUAUST

Imprimeur breveté

Rue Saint-Honoré, 338

CATALOGUE

DES

OBJETS DE LA CHINE

ET DU JAPON

PORCELAINES, BRONZES, JADES, LAQUES

ÉMAUX CLOISONNÉS

BEAUX MEUBLES EN BOIS DE FER SCULPTÉ

Etoffes brodées, Cachemires de l'Inde

GRANDS TAPIS ET CARPETTES D'ORIENT

FOURRURES, ZIBELINE, HERMINE, OURS, ASTRACAN, ETC.

Dépendant de la succession

DE MADAME VEUVE MARIE BLANC

Et composant la

HUITUIÈME VENTE

Qui aura lieu

HOTEL DROUOT, SALLE Nº 8

Les Mercredi 1, Jeudi 2 et Vendredi 3 Mars 1882

A DEUX HEURES

COMMISSAIRES-PRISEURS

Me ESCRIBE	Me PAUL COUTURIER
Rue de Hanovre, nº 6	Boulevard des Italiens, 9

EXPERTS

M. CH. GEORGE	M. A. BLOCHE
Rue Laffitte, 12	Rue Laffitte, 44

EXPOSITIONS

PARTICULIÈRE	PUBLIQUE
Le Lundi 27 Février	Le Mardi 28 Février

DE UNE HEURE ET DEMIE A CINQ HEURES ET DEMIE

PARIS — 1882

CONDITIONS DE LA VENTE

Elle sera faite au comptant.

Les Acquéreurs payeront, en sus des adjudications, CINQ CENTIMES PAR FRANC applicables aux frais.

L'Exposition mettant les Amateurs à même de se rendre compte de l'état des objets, aucune réclamation ne sera admise une fois l'adjudication prononcée.

ORDRE DES VACATIONS

Mercredi 1er Mars. — Porcelaines, Bronzes, Émaux cloisonnés.
Jeudi 2 Mars. — Jades, Meubles et objets en laque, Fourrures, commencement des Tapis et Étoffes.
Vendredi 3 Mars. — Meubles, suite des Tapis et Étoffes.

LE PRÉSENT CATALOGUE SE DISTRIBUE :

à PARIS . . . . . . Chez Me ESCRIBE, Commissaire-Priseur, rue de Hanovre, 6 ;
— . . . . . — Me PAUL COUTURIER, Commissaire-Priseur, 9, boulevard des Italiens ;
— . . . . . — M. CH. GEORGE, Expert, 12, rue Laffitte ;
— . . . . . — M. A. BLOCHE, Expert, 44, rue Laffitte ;
à LONDRES. . . . — M. ÉDOUARD JOSEPH, 158, New Bond Street ;
— . . . — M. GEORGE DONALDSON, 106, New Bond Street ;
à FRANCFORT. . — MM. GOLDSCHMIDT, sur la Zeil (Hôtel de Russie) ;
— . . — MM. LOWENSTEIN frères, 4, Kaiser Strasse ;
à AMSTERDAM. . — M. BOAS-BERG, Kalverstraat ;
à LA HAYE . . . . — M. SARLUIS, 33, Spuistraat ;
à BRUXELLES . . — M. TH. STROOBANT, 9, boulevard d'Anvers.

PORCELAINES

1 — Paire de grands Vases en porcelaine de Chine, décorés de mandarins et de divinités en émaux de couleur. Ils sont enrichis de deux frises ornées de caractères en relief. Hauteur : 1m35.

2 — Paire de grands Vases en porcelaine de Chine, décor à poissons et quadrillés verts. Hauteur : 0m90.

3 — Grande Tour en porcelaine, décor bleu. Hauteur : 1m25.

4 — Deux grands Vases forme gourde en porcelaine, décor bleu et rouge.

5 — Vase en porcelaine de Chine, décoré de chiens de Fo sur fond bleu.

6 — Guéridon composé d'un grand Plat en porcelaine de Chine, monture en bronze doré.

7 — Paire de grands Vases à bords plissés, en porcelaine du Japon, décorés d'oiseaux et fleurs en bleu.

8 — Deux Soupières en porcelaine décorée du Japon.

9 — Deux petits Vases forme gourde en porcelaine craquelée.

10 — Un Vase en porcelaine de Chine, fond turquoise uni.

11 — Très grande Potiche à pans en porcelaine moderne du Japon, à compartiments de fleurs et lambrequins.

12 — Paire de grands Vases en porcelaine laquée rouge et noir.

13 — Coupe en porcelaine ajourée, décor bleu et or.

14 — Douze Assiettes en ancienne porcelaine de Chine décorées en émaux de couleur bleue et rose.

15 — Douze autres assiettes en ancienne porcelaine de Chine.

16 — Divers Plats et Assiettes en même porcelaine.

17 — Deux petits Vases en vieux chine.

18 — Deux Aiguières en vieux chine décorées en émaux de couleurs.

19 — Quatre Compotiers octogones en porcelaine du Japon.

20-21 — Quatre Boîtes plates et deux Gourdes en porcelaine du Japon imitant l'émail cloisonné.

22 — Petit Vase de Chine, à quatre faces, en porcelaine, et une petite Jardinière en poterie moderne, genre chinois.

23 — Quatre Bols porcelaine fond jaune impérial, avec fleurs et feuillages en couleurs.

24 — Quatre petits Bols porcelaine de Chine, fond vert à dragons en brun.

25 — Surtout (casse-tête), composé de neuf plateaux en porcelaine, fond rose à fleurs et branchages.

26 — Surtout (casse-tête) en porcelaine de Chine, composé de neuf plateaux; décor, paysages, bordures à jour.

27 — Quatre Bols de Chine, décor à fleurs.

28 — Trois Bols en porcelaine de Kien-Long, fond bleu et carmin à cartels de fleurs.

29 — Deux Jardinières rondes en porcelaine de Chine, décor à arabesques, socles en bois.

30 — Dix petites Chimères en porcelaine fond céladon et turquoise.

31 à 36 — Plusieurs paires de Vases et Lampes en porcelaine.

37-51 — Diverses pièces en porcelaine de Chine et du Japon, telles que : Tasses, Théières, Assiettes, petites Gourdes, Vases, etc.

BRONZES

52 — Garniture de trois pièces en bronze de la Chine, Brûle-parfums et Flambeaux supportés par des statuettes d'hommes agenouillés. Doubles socles triangulaires en bois dur. Hauteur : 1 mètre environ sans les socles.

53 — Grand Vase brûle-parfums en bronze de la Chine ajouré ; le couvercle est surmonté d'un bouton enlacé d'un dragon. Hauteur : 1 mètre.

54 — Deux grands Vases en bronze du Japon, décorés d'oiseaux et tortues en relief. Hauteur : 0^m90.

55 — Brûle-parfum à couvercle ajouré en bronze de la Chine sur trois pieds. Socle en bois dur. Hauteur : 0^m80.

56 — Autre Brûle-parfums analogue. Hauteur : 0^m80.

57 — Paire de Vases supportés par des éléphants caparaçonnés en bronze du Japon.

58 — Brûle-parfums en bronze du Japon, sur trois pieds à trompes d'éléphants.

59 — Brûle-parfums en bronze de la Chine à deux anses plates et sur trois pieds à trompes d'éléphants.

60 — Vase à bord plissé décoré de nervures et feuillages en relief. Bronze chinois.

61 — Brûle-parfums en forme d'animal chimérique. Bronze chinois sur socle en bois dur.

62 — Brûle-parfums forme surbaissée, en bronze, couvercle à jours, anses formées de dragons.

63 — Autre Brûle-parfums décoré d'ornements en relief.

64 — Cloche en bronze de la Chine décorée de têtes de lion et ornements en relief.

65 — Éléphant caparaçonné en bronze, supportant un vase forme gourde en émail cloisonné.

66 — Coupe demi-sphérique en bronze, anses en forme de bagues. Elle repose sur trois pieds-droits. Couvercle en bois.

67 — Vase en bronze de la Chine avec anses mobiies, décoré d'ornements en relief.

68 — Deux Vases forme balustre en bronze.

69 — Paire de Vases carrés en bronze du Japon décorés d'incrustations d'argent.

70 — Personnage monté sur un animal chimérique en bronze. Socle en bois.

71 — Petit Brûle-parfums carré en bronze gravé. Couvercle en bois sculpté.

72 — Deux Canards en bronze placés auprès de branchages en bois sculpté.

73 — Coupe à couvercle en bronze en forme de fruit à côtes, dessin en forme d'Ecureuil. Socle en bois.

74 — Autre Coupe en forme de fruit, décorée de branchages et feuillages en relief.

75 — Paire de petits Flambeaux en bronze.

76-81 — Plusieurs petites Pièces en bronze telles que : Vases, Coupes, Boîtes, etc.

ÉMAUX CLOISONNÉS

82 — Deux grands et beaux Brûle-parfums en émail cloisonné de la Chine de forme carré, pieds à têtes chimériques ; les couvercles sont ornés de plaquettes à dragons et surmontés de gros boutons ovoïdes enlacés de dragons. Décor à fleurs et arabesques sur fond bleu turquoise. Socles en bois sculpté. Hauteur : $1^{m}15$ sans les socles.

83 — Deux Vasques rondes en émail cloisonné de la Chine, décorées extérieurement d'animaux chimériques se détachant sur un fond blanc à imbrications et intérieurement de poissons sur fond lapis. Diamètre : $0^{m}62$.

84 — Grande Vasque ronde en émail cloisonné, décorée extérieurement d'oiseaux et animaux dans des paysages et intérieurement de poissons, sur fond bleu turquoise. Diamètre : $0^{m}60$.

85 — Deux très grandes Jardinières en émail cloisonné décorées de médaillons à branchages et fleurs sur fond lapis avec encadrements de dragons et ornements sur fond turquoise. Bordure et lambrequins fond rouge.

86 — Paire de Brûle-parfums en forme d'animaux chimériques en émail cloisonné, écailles bleues.

87 — Brûle-parfums hexagonal en émail cloisonné, décoré d'ornements et fleurs sur fond bleu turquoise.

88 — Brûle-parfums de forme sphérique surbaissée en émail cloisonné, orné de cabochon et d'arêtes dentelées en cuivre doré. Couvercle plat en cuivre repercé et émaillé.

89 — Joli Brûle-parfums en émail cloisonné décoré de grecques et ornements variés sur fond blanc. Il est supporté par trois pieds en forme de trompes d'éléphants.

90 — Vase de forme ovoïde à petit goulot en émail cloisonné de Chine décoré de pivoines et fleurs sur fond blanc.

91 — Deux Vases forme gourde à deux anses en émail cloisonné à fleurs sur fond bleu turquoise.

92 — Coupe en émail cloisonné de la Chine décorée au pourtour de fleurs et rinceaux sur fond bleu turquoise; elle est supportée par trois pieds en forme de trompes d'éléphants en bronze doré.

93 — Deux Plaques rondes en émail cloisonné, décor à fleurs sur fond bleu turquoise.

94 — Plaque ronde en émail cloisonné, décorée d'hirondelles sur des branches d'aubépine, fond bleu turquoise.

95 — Deux Bassins en émail cloisonné décorés au centre d'une rosace à dragon sur fond rouge; au pourtour de fleurs et rinceaux sur fond bleu turquoise; marly quadrillé.

96 — Deux Cerfs en émail cloisonné sur un terrain en bois sculpté.

97 — Petite Coupe en émail cloisonné décorée de fleurs et rinceaux sur fond bleu turquoise, anses et anneaux mobiles.

98 — Crapaud en émail cloisonné.

99 — Théière en ancien émail cloisonné.

100-103 — Quatre Surtouts dits Casse-tête en émail cloisonné de la Chine.

104 — Deux Porte-lampes en émail cloisonné de la Chine.

105 — Deux Bonbonnières en émail cloisonné.

106-141 — Trente-six paires de petites Bouteilles en émail cloisonné de la Chine.

Seront vendues par paires.

142 — Vase carré en bronze émaillé et ajouré, décoré de plaquettes en cuivre découpées sur fond de velours; il est surmonté d'un bouquet de fleurs.

142 *bis* — Animal chimérique en cuivre repoussé, doré et émaillé; travail chinois. Socle en bois sculpté. Hauteur : 0m70.

JADES, MATIÈRES DURES

BIJOUX, Etc.

143 — Grand et beau Vase forme ovale en jade vert, décoré de saillies et de lambrequins, anses à têtes chimériques et anneaux mobiles.

144 — Joli Brûle-Parfums tripode, en jade blanc, orné d'anses à têtes de chimères et anneaux mobiles, couvercle à lobes avec saillies et anneaux mobiles pris dans la masse. Socle en bois sculpté.

145 — Grand Vase avec couvercle en jade blanc, forme gourde aplatie et gravée, ornée d'anses à têtes d'éléphants et anneaux mobiles pris dans la masse. Socle en bois sculpté.

146 — Beau Brûle-Parfums à quatre faces en jade avec grecques et rosaces gravées, rehaussées de saillies, anses formées de chimères se détachant en ronde bosse.

147 — Beau Vase en jade vert foncé avec couvercle, panse ronde et aplatie offrant en bas-relief des éléphants richement caparaçonnés ; anses à fleurs et anneaux mobiles pris dans la masse. Socle en bois sculpté.

148 — Jolie Garniture de trois pièces en jade blanc : brûle-parfums entièrement sculpté à jour, flacon et bonbonnière. Socles en bois sculpté.

149 — Jolie Garniture de trois pièces en jade vert : brûle-parfums, vase et cassolette finement gravés, forme à quatre lobes. Socles en bois sculpté.

150 — Brûle-Parfums de forme surbaissée en jade vert, orné d'anses prises dans la masse, à anneaux mobiles, couvercle à jour, socle en bois sculpté.

151 — Vase avec couvercle, forme balustre aplati, en jade blanc finement évidé et gravé, orné d'anses à têtes d'éléphants prises dans la masse avec anneaux mobiles.

152 — Jardinière tripode en jade blanc avec frise à godrons sur le pourtour. Socle en bois sculpté.

153 — Cylindre en jade blanc sculpté à jour, représentant des paysages et des figures. Dessus en jade vert orné d'une rosace à jour.

154 — Gourde à panse aplatie en jade blanc finement évidé avec anses ajourées, formées de sceptres à têtes chimériques.

155 — Petit Vase à panse aplatie en jade blanc décoré de paysages; anses à chimères. Socle en bois sculpté.

156 — Porte-Bouquet en jade gris offrant en haut relief des dragons et un paon.

157 — Groupe de quatre Chimères en jade blanc; socle en bois sculpté.

158 — Deux Boîtes longues et plates en jade blanc gravé.

159 — Grande Tasse à quatre pieds avec présentoir en jade blanc finement évidé.

160 — Théière en jade vert foncé, panse aplatie offrant en bas-relief des fleurs et des feuillages.

161 — Vase forme balustre quadrilobé en jade blanc, orné de fleurs et feuillages, avec anneaux mobiles pris dans la masse.

162 — Beau Sceptre en bois de fer incrusté et orné de plaques en jade blanc avec bouquets en jade de diverses nuances. Socle et écrin en bois de fer.

163 — Sceptre de mandarin garni de trois plaquettes en jade blanc sculpté.

164 — Bol en jade gris.

165 — Coupe en jade blanc.

166 — Petite Table en bois de fer ornée d'une plaque en jade blanc sculpté à jour.

167 — Petite boîte carrée en cristal de roche.

168 — Groupe de trois Figures en calcédoine.

169 — Figurine en cornaline : personnage accroupi sur un bœuf en bois sculpté.

170 — Coupe en agate orientale ornée d'anses à jour prises dans la masse. Socle en bois sculpté.

171 — Coupe en pâte de riz jaune uni.

172 — Écran en pierre sculptée, monture en bois de fer.

173 — Pitong en ivoire gravé, décor paysage.

174 — Statuette de mendiant en bois sculpté.

175 — Sceptre en ivoire ayant la forme d'une branche de fleurs.

176-178 — Trois Groupes de combattants chinois en bois sculpté, peint et doré.

179 — Parure chinoise en filigrane d'argent ornée de corail et de malachite. Écrin en bois de santal sculpté.

180-182 — Douze pièces argent émaillé de Chine, bleu et or. Boîtes de différentes formes, bracelets et petite coupe.

183 — Éventail chinois, en ivoire sculpté, dans son écrin en bois de santal.

184 — Autre Éventail, écrin en laque.

185 à 190 — Divers Éventails chinois dont plusieurs avec montures en ivoire sculpté et écrins en laque.

MEUBLES & OBJETS

EN LAQUE

191 — Guéridon en laque décoré de plaquettes en porcelaine.

192 à 195 — Quatre Tables à trictrac en laque de Chine.

196-197 — Deux Tables de jeu en laque de Chine.

198 — Bureau à casier et tiroirs en laque de Chine.

199 — Grande Table ronde à tiroirs, en laque.

200 — Table carrée en bois incrusté de nacre.

201 — Petit Meuble Cabinet en laque.

202 — Cabinet à fronton, en laque.

203 — Autre Cabinet plus petit.

204 — Cabinet japonais en laque.

205 — Porte-Sabre en laque.

206 — Petit meuble Porte-Sabre à tiroirs, en bois sculpté et laque.

207 — Coffret en laque d'or du Japon incrusté de nacre.

208 — Boîte forme cœur laque de Pékin ornée d'incrustations en jade.

209 — Petite Table à pieds bas en bois dur, décorée en laque d'or de fleurs en relief.

210 — Porte-Livres en laque avec rosaces ajourées et dorées.

211 — Pupitre à tiroirs en laque, décor à branchages d'or sur fond aventuriné.

212 — Sept pièces en laque, Écritoire, Règle, petite Boîte.

213-218 — Plusieurs Boîtes à ouvrage, Coffrets, Boîtes à thé en laque de Chine, décor or sur fond noir.

219-222 — Quatre Jeux de Plateaux en laque.

223 — Coupe à sacrifice en laque de Pékin avec couvercle en bois.

224 — Boîte à cinq lobes en laque rouge de Pékin.

225 — Boîte plus petite de forme ronde aplatie, en laque rouge de Pékin.

226 — Deux Boîtes en forme de cœur en laque rouge de Pékin.

227 — Deux Boîtes rondes et plates en laque rouge de Pékin.

228 — Cinq autres Boîtes en laque rouge de Pékin.

MEUBLES

229 — Grand et très beau Lit chinois en bois de santal richement sculpté et ajouré et bois dur enrichi d'incrustations d'ivoire ; il est orné de chimères rapportées. Le chevet est garni de statuettes supportant des colonnes enlacées de dragons.

230 — Grand et beau Lit chinois en bois de fer richement sculpté à animaux, oiseaux, fleurs et branchages. Le baldaquin est supporté par six colonnes enlacées de dragons.

231 — Ameublement indien en bois de fer sculpté et découpé à jour, à rinceaux et feuillages, composé de fauteuils et chaises.

232 — Fauteuil chinois en bois de fer sculpté à dragons.

233-234 — Deux canapés chinois en bois dur orné d'incrustations de nacre et garni de plaquettes en marbre.

235-236 — Divers sièges analogues.

237 — Canapé chinois en bois de fer avec parties sculptées et garni de tablettes en marbre.

238 — Guéridon octogone en bois de fer sculpté avec dessus en émail cloisonné à rosaces fond turquoise. Bordure à lambrequins et oiseaux chimériques sur fond blanc. Pied et double traverse d'entrejambe sculptés. Au centre de l'entrejambe est un ombilic également en émail cloisonné.

239 — Guéridon en bois de fer sculpté à bord festonné, dessus de marbre.

240 — Autre guéridon en bois de fer sculpté, dessus de marbre.

241-242 — Deux Tables carrées en bois de fer avec dessus de marbre.

243 — Table chinoise en bois sculpté à jours, pied orné de têtes chimériques. Dessus de marbre.

244 — Socle support carré en bois de fer richement sculpté à dragons, têtes chimériques et ornements variés.

245-246 — Deux Tables à jeu en bois de fer sculpté.

247-248 — Deux Étagères d'encoignures à façades cintrées en bois de fer sculpté.

249 — Une Étagère encoignure à six tablettes en bois sculpté.

250 — Autre Étagère encoignure.

251-252 — Deux Meubles d'angles en bois de fer sculpté.

253 — Bureau chinois avec dessus à portes et tiroirs, en bois de fer sculpté enrichi d'incrustations de nacre.

254 — Paravent à six feuilles en soie brodée à oiseaux et fleurs sur fond rouge.

255 — Paravent chinois à quatre feuilles en bois dur sculpté avec feuille en soie peinte représentant un sujet familier.

256 — Paravent à quatre feuilles en bois de fer sculpté et ajouré avec feuille en soie peinte décorée de perroquets et autres oiseaux sur des branches d'arbres en fleurs.

257 — Paravent à six feuilles en bois de fer sculpté et ajouré avec feuille en soie peinte décorée de paons, cigognes et autres oiseaux dans un paysage.

258-259 — Deux autres Paravents à six feuilles analogues.

260 — Très grand Paravent à six feuilles en soie peinte représentant des cérémonies chinoises, monture en bois de fer sculpté.

261 — Un grand Paravent à six feuilles en soie peinte représentant des oiseaux et des fleurs, monture en bois de fer sculpté.

262-263 — Deux Écrans en bois de fer sculpté avec feuilles en soie peinte décorées de scènes chinoises dans des paysages.

264 — Écran en bois de fer sculpté, avec feuille en soie peinte représentant une scène de la vie des champs.

265-266 — Deux Écrans chinois en bois de fer sculpté enrichis de figurines en ivoire rapportées. Les panneaux représentent des sujets familiers dans un paysage.

267 — Écran chinois en bois de fer sculpté, feuille en soie peinte représentant une réception.

268 — Écran en bois de fer sculpté avec feuille en soie peinte représentant des scènes de chasse.

269 — Écran en bois de fer sculpté avec feuille en soie peinte représentant des oiseaux et des fleurs.

270 — Trictrac en bois de santal couvert d'incrustations en ivoire, nacre et écaille.

271 — Boîte à gants en marqueterie de Bombay.

272 — Boîte en bois de santal.

273-297 — Vingt-cinq Lanternes chinoises.

ÉTOFFES, TAPIS, FOURRURES

298 — Deux jolies Portières orientales tissées argent.

299 — Une Cartouchière et une Sous-Ventrière orientales en cuir ornées de broderies.

300 — Plusieurs Feuilles d'écran en soie de Chine, enrichies de broderies.

301 — Armure japonaise.

302-332 — Châles cachemire de l'Inde, tapis avec broderie sur drap, étoffes pour sièges, burnous, cafetans, jolies broderies sur toile.

333 — Couvre-Lit en satin de Chine, fond jaune richement brodé en soies de couleur.

334-344 — Belles Robes chinoises en soie et broderies.

345 — Tapis oriental à rosaces et bordure, broderies de soie sur fond noir.

346 — Tapis de table en satin de Chine, riches broderies sur fond noir.

347 — Tapis de table de Chine, broderies de soie sur fond rouge.

348 — Tapis Chinois à rosace et personnages en broderies de soie sur drap violet.

349-353 — Tapis, Coussins, en étoffe persane, broderies sur toile et sur soie.

354-359 — Plusieurs Burnous turcs, robes chinoises et autres pièces de costume.

360-371 — Douze grands et moyens Tapis de Smyrne, de Perse et de Guerdès.

372-401 — Trente Carpettes de Perse et de Guerdès.

402-405 — Quantité de Peaux d'hermine.

406-409 — Quantité de Peaux de zibeline.

410-414 — Diverses Fourrures, telles que : ours noir, astracan blanc, renard, etc.

415 — Objets divers non catalogués.

8880. — Paris, imp. Jouaust, rue Saint-Honoré, 338.

www.ingramcontent.com/pod-product-compliance
Ingram Content Group UK Ltd.
Pitfield, Milton Keynes, MK11 3LW, UK
UKHW020229180726
13838UKWH00005B/2269

9 782329 453750